182407

Alicia, el Hada

David Shannon

SCHOLASTIC INC.

New York   Toronto   London   Auckland   Sydney
Mexico City   New Delhi   Hong Kong   Buenos Aires

A Emma, el Hada,
y a la adorable Duquesa
(que en realidad no es malvada)

Me llamo Alicia. ¡Soy un hada!

No soy un hada Permanente. Soy un hada Temporal. Para ser un hada Permanente tienes que pasar muchos exámenes.

¡Como tengo alas
puedo volar!

Todavía no puedo volar
muy alto,

¡pero puedo volar

muy rápido!

Esta es mi varita mágica.

Esta es mi manta.

Las hadas usan sus varitas mágicas para convertir las ranas en príncipes y cosas así.

Acabo de convertir a mi papá en caballo.

Una vez, mi mamá hizo galletas para mi papá.

Yo las convertí en mis galletas.

Lo que hice con las galletas no estuvo bien.

Así que pensé que haría un modelito nuevo para papá. ¿Te conté que él es el Duque de la Calle Amapola?

¡Pues lo es!

camisa de terciopelo de cuadros

Pantalones brillantes dorados

Zapatos medio rosados, medio morados (mi color preferido).

Pero era muy difícil hacer ropa, así que, al final, le hice una corona nueva.

Con mi varita mágica, puedo hacer que las hojas caigan de los árboles.

Y puedo hacer dibujos en el agua.

A veces uso
mi varita para
desaparecer.

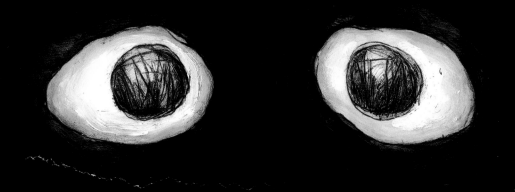

Pero me da un poquito
de miedo.

¡Prefiero

usar mi manta!

Por supuesto, tengo un espejito Mágico.

"Espejito, espejito,
que está en la pared,
¿quién es el hada
que más le gusta
a usted?"

Pero si está claro, ¡Soy yo,
Alicia!
¡Gracias, Espejito!

Los polvos mágicos de hada son muy útiles. Los uso para convertir mi cereal en pastel.

Para ser hada, también es importante saber usar las palabras mágicas. Mira cómo hago flotar a mi perro por los aires.

¡Abra cadabra pata de cabra!

¡Abra cadabrita pata de tortuguita!

¡Perrus cadabrus
vuela por los airus!

En fin... creo que me falta un poco de práctica.

Las hadas tienen que

tener mucho cuidado con la magia. Una vez convertí mi vestido blanco en **rojo**.

La Duquesa se enojó mucho y me encerró en la torre ¡para siempre! (Aunque luego me escapé).

La vida de un hada
está llena de peligros. A veces,
la malvada Duquesa envenena
el brécol y nunca lo debes
comer.

A las hadas tampoco les gustan los baños. Me encantaría convertir el agua del baño en gelatina de fresa. ¡Eso sería divertido!

Pero todavía no sé hacerlo.

Para hacer esos trucos, tienes que ser un hada Permanente.

Ellas van a la Escuela
de Hadas Avanzadas.

Tengo que aprender a hacer que mi ropa se levante del suelo y vaya bailando al armario.

Pero eso no me sale

muy bien.

Creo que siempre seré
un nada Temporal.